KB137025

해를 자른 아이

해를 자른 아이

2024년 1월 5일 제 1판 인쇄 발행

지 은 이 | 김예순
펴 낸 이 | 박종래
펴 낸 곳 | 도서출판 명성서림

등록번호 | 301-2014-013
주 소 | 04625 서울시 중구 필동로6(2,3층)
대표전화 | 02)2277-2800
팩 스 | 02)2277-8945
이 메 일 | ms8944@chol.com

값 15,000원
ISBN 979-11-93543-27-6

이 책은 한국문화예술위원회의 출간지원금을 받아 발간 제작되었습니다.

해를 자른 아이

김예순 동시집

도서출판 명성서림

1
봄비

2
나무의 일기

3
꽃과 바람

4 새와 나무

1

봄비

봄비

비가 온다

툭
툭
투
두
둑
·
·
·

하나님이 치는
컴퓨터 소리

어여쁘게 자라거라
향기롭게 자라거라

꽃들에게 보내는
초록 이메일

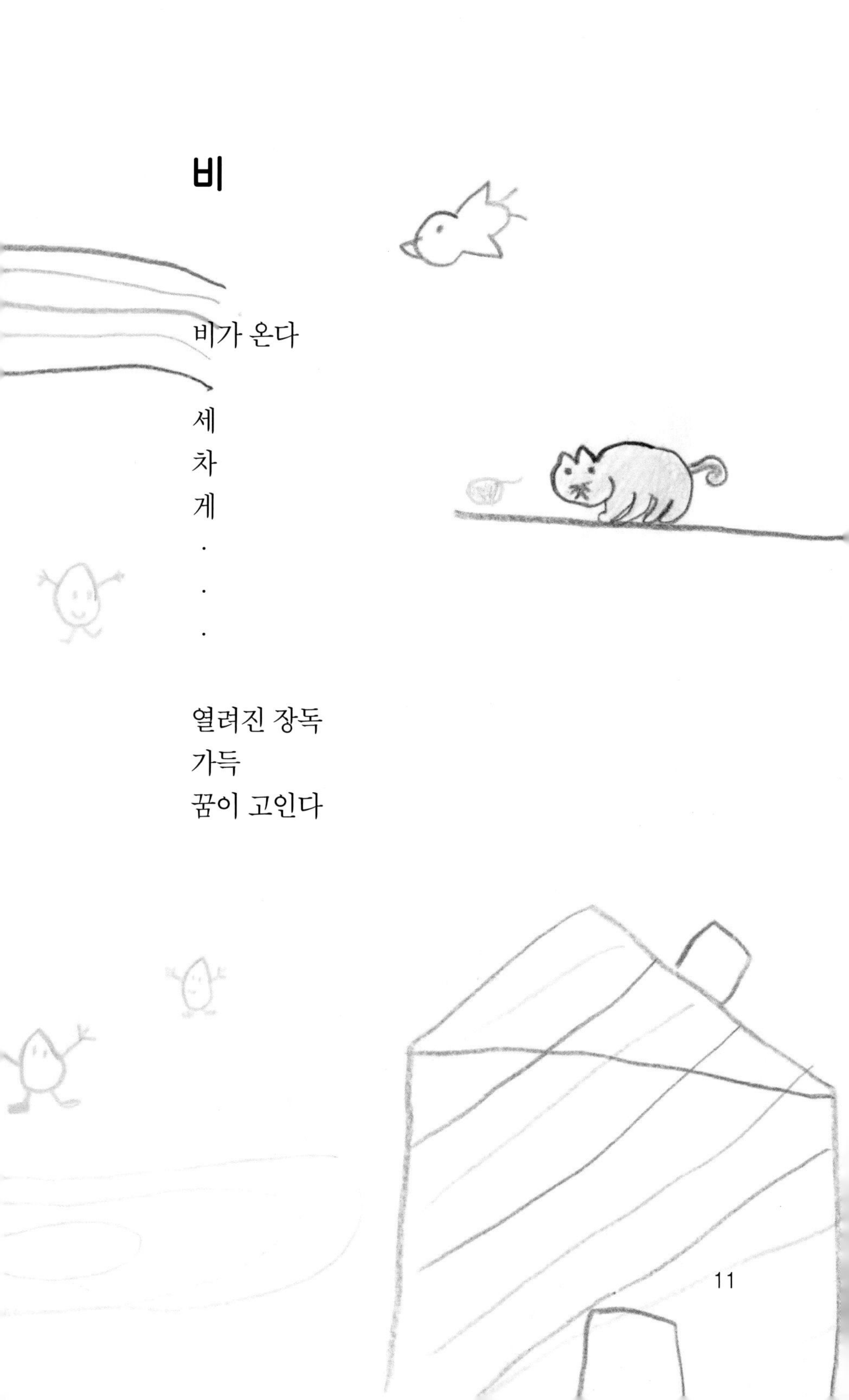

비

비가 온다

세
차
게
·
·
·

열려진 장독
가득
꿈이 고인다

바람 1

문득
넓어진 운동장
빈 하늘

아이들의 소란도 함께 떠나고
바람 혼자서
그네를 탄다

흔들
흔들
흔들…

바람 2

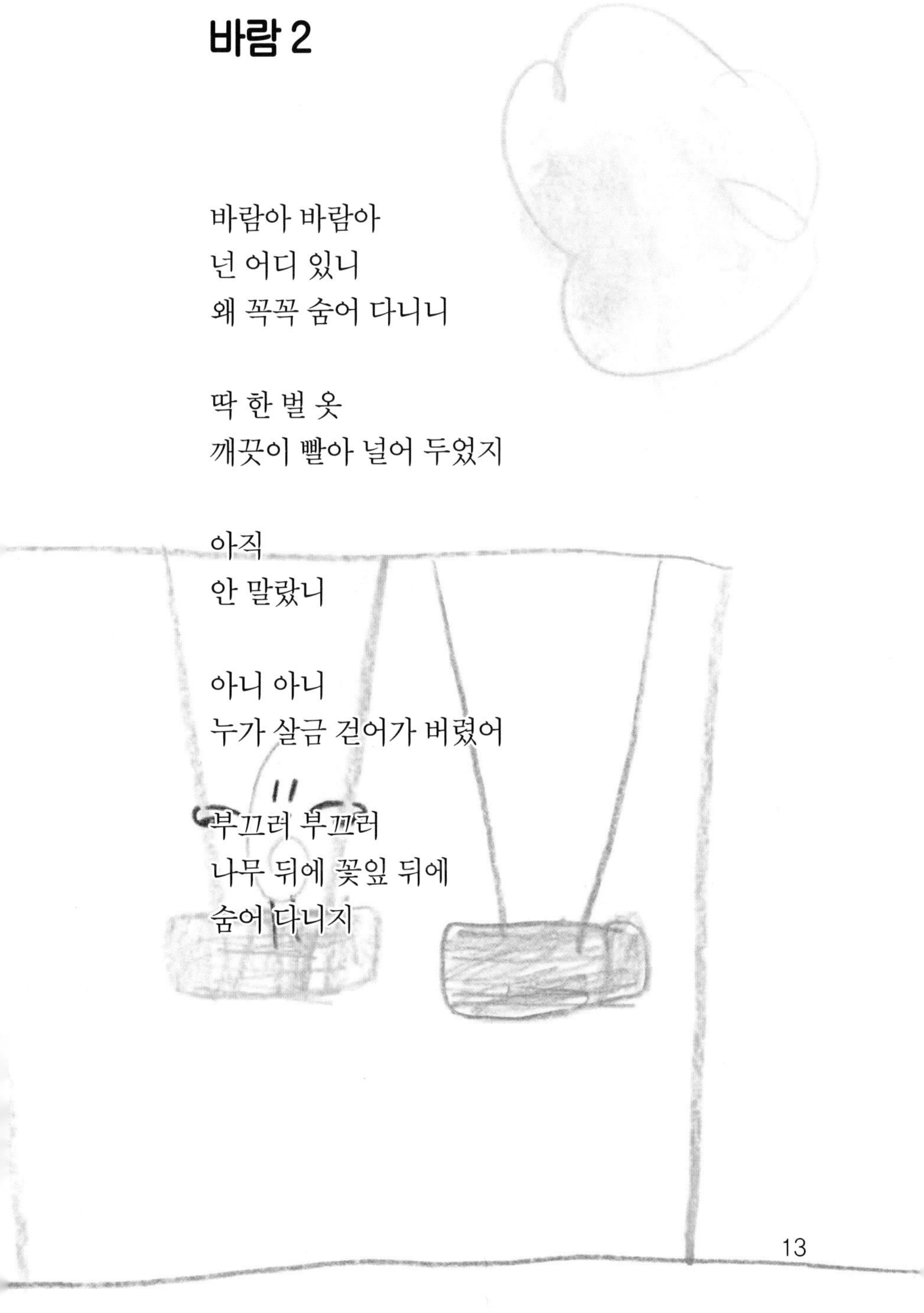

바람아 바람아
넌 어디 있니
왜 꼭꼭 숨어 다니니

딱 한 벌 옷
깨끗이 빨아 널어 두었지

아직
안 말랐니

아니 아니
누가 살금 걷어가 버렸어

부끄러 부끄러
나무 뒤에 꽃잎 뒤에
숨어 다니지

바람 3

놀이터 기웃거리던 바람
다리도 없어
손도 없어

그래도 꼭 한 번
축구를 해 보고 싶은 게지

까만 비닐봉지
궁글리며 궁글리며
살금살금 골목길 돌아가네

바람 4

꽃가지에 꽃잎에 내려쉬다가
머무른 자리마다
먼지를 털어 주는 바람

그 때마다
참깨 털 때 떨어지는 깨알처럼
향기가 쏟아진다

치마폭 가득
향기를 주워 담는 바람
언뜻 보이는 발뒤꿈치 빨갛다

아직 갈 길이 먼 바람
꽃버선 신겨 주었으면

병

생김새가 같아도
물을 담으면 물병
술을 담으면 술병
우유를 담으면 당연 우유병

내 마음 그 병 속엔
무얼 담을까

냄새 나는 무엇 가득 담으면
아, 생각만 해도 싫어
향내 나는 무엇 가득 담으면
말을 할 때마다 향내음 풀풀
흠흠 벌써부터 기분이 좋아

화분 하나

시들시들
버려진 화분 하나
우리 집에 들였다

얼마나 목말랐을까
저녁에도 꿀꺽꿀꺽
아침에도 꿀꺽꿀꺽

싱싱, 어느 결에 깨어 춤추는 이파리들
햇빛 기웃
바람 기웃기웃

하늘거리는 누리 한켠
선선해진 우리 집
해 밝아진 우리 집

해

해는 해는
비를 좋아할 거야
함박눈은 더 좋아할 걸

세상 밝히려
온 세상 데우려
헉헉, 얼마나 뜨겁겠어

분명해
아침이면 바다 한가운데서
영락없이 불끈 솟아오르거든

밤이면 그 차건 바닷물 속에
풍덩 빠져들어
종일 달궈진 몸 식히는 거야

세상 밝히려
또 하루
온 세상 데우려

매듭을 풀며

누구일까

하이얀 종이에 싸여
꼭꼭 매듭으로 묶인 포도송이

이리도 꼭꼭 매듭을 묶은 이는
누구일까

송알송알 영근 까아만 포도알
한 송이 한 송이 싸매고 묶었을 그 손길

묶인 매듭 조심조심 풀어내며
속으로 가만 말합니다

염려 마세요
알갱이 한 알 상하지 않고 잘 왔답니다

감 하나

감 하나
달랑 달렸네

까치도 먹고 싶을 거야
아이는 침만 꼴깍

아이도 먹고 싶을 거야
까치도 침만 꼴깍

아이 예뻐라
지나가던 바람이 살금 볼을 만지네

줄

1학년 어린 벼들
반듯반듯 줄 서 있다
흐트러짐 없이
바르게 바르게

몰려 온 개구리 떼
죽치고 들어앉아
어쩌고 저쩌고 저쩌고 어쩌고
종일 떠들어도

아랑곳하지 않고
초록초록 죽죽 자라
이제 곧 양식이 되겠지
우리를 살릴 양식

1학년 어린 벼들
반듯반듯 줄을 서 있다
새치기도 없이
바르게 바르게

신문

발도 없는 것이
눈도 없는 것이
세상 것 다 보고
새벽 같이 달려와
소식 전해 준다

곁 누구도
방해 받지 않도록
가만 전하여 주는
세상 이야기

바람 비 눈보라 휘몰아쳐도
어김없는 그 시간 그 자리
한 걸음에 달려와
기다려 서 있는

아,
고마운 신문

하나님은

하나님은
힘드시겠다

봄이면 봄마다 꽃 피우시느라
단비 나리시지 햇빛 나리시지
겨울엔 겨울엔 하얀 눈꽃가루

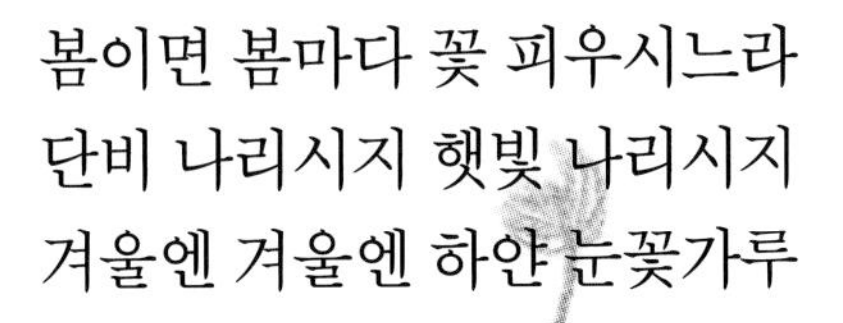

울 엄마도 잠든 한 밤 중까지
하늘 가득 가득 별 등 켜 놓고

내일은 내일은 무얼 나려 보낼까
생각 곰곰 하시는 하나님은
참 힘드시겠다

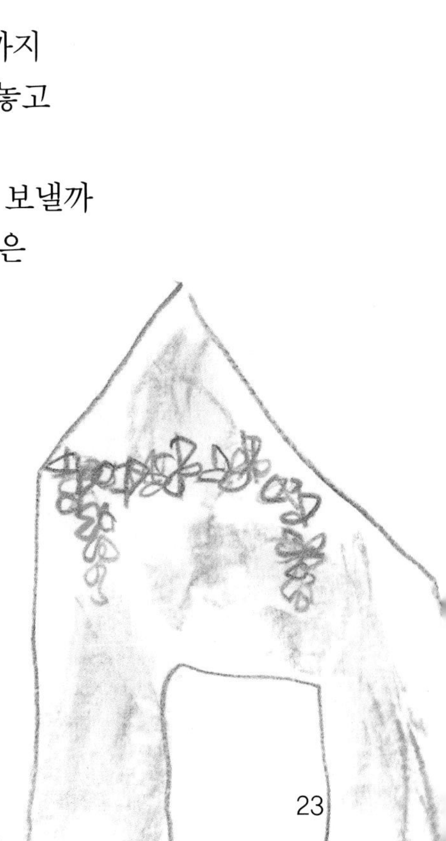

내 키가 자라

내 키가 자라
언니 키가 되면

선반 가득 놓인 간식
모두 꺼내 먹을래

엄마는
꼭꼭 하나씩이다

빵 하나
귤 하나

오늘도 아가는 발돋음하며
내 키가 자라 언니 키가 되면…

거리에서

엄마!
부르는 큰애 목소리
돌아보면 낯선 아이
참, 큰애는 학교에 갔지

앙앙앙!
작은애 울음소리
놀라 돌아보면 낯선 아이
아참, 작은애는 유치원에 갔지

백화점에서

내 책을 사고
엄마는 싱글벙글
동생 신을 사고서도 싱글벙글

장바구니 속엔
내가 제일 좋아하는 귤
내 동생이 잘 먹는 빨간 사과랑
아빠가 좋아하는 생선꾸러미

아이스크림마저 우리 손에 들려주고
백화점을 나서는 엄마는
연신 싱글벙글

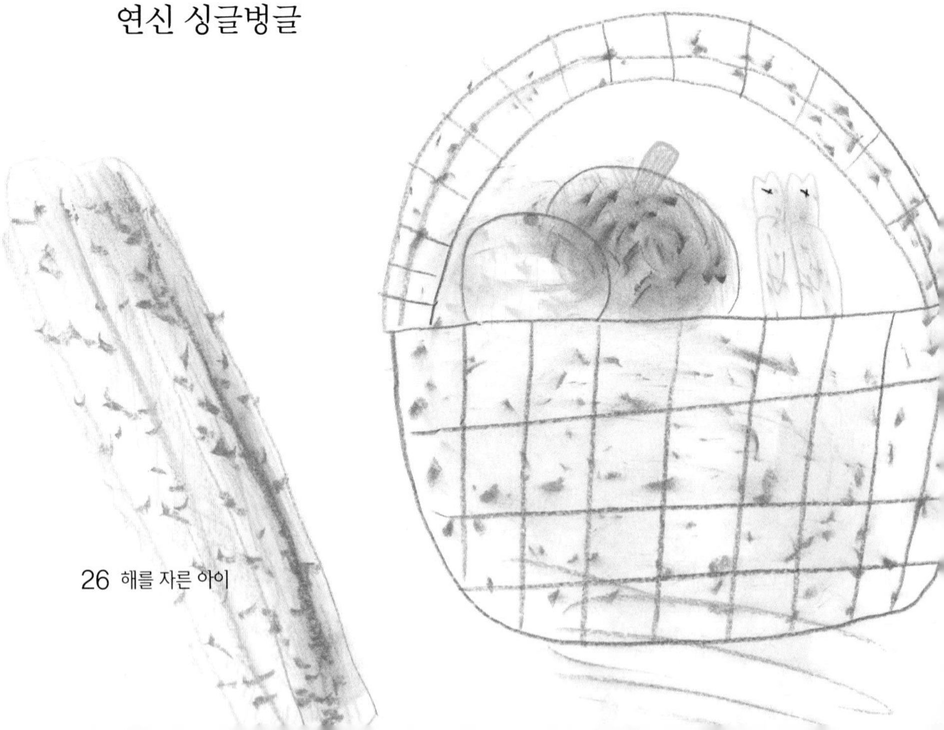

종합장

엄마 종합장 다 썼어요
어디 봐 아직 남아 있네
새 그림 그릴 종합장이 필요하단 말예요
여기 좀 봐 코끼리도 그릴 수 있겠네
엄마 엄마 이제 코끼리도 다 그렸어요
흠 여기다간 강아지도 더 그릴 수 있겠는 걸
엄마 엄마 엄마 강아지도 토끼도 모두 다 그렸어요
호호 그럼 이젠 개미랑 파리랑 모기랑…

토끼

시골서 온 아가 토끼
하이얀 토끼
동글동글 예쁜 눈
왜 빨개졌을까

엄마 엄마 보고 싶어
울었나 보아
밤새도록 밤새도록 울었나 보아

상자 속 어미 토끼
하이얀 토끼
동글동글 예쁜 눈
왜 빨개졌을까

아가 아가 보고 싶어
울었나 보아
밤새도록 밤새도록 울었나 보아

벌침 한 방

할머니 호미 들린 손에
앵앵 벌 날아들어
벌침 한 방 톡

할머니
무얼 잘못했어요

시큰시큰 호미 손
어서어서 나으라
약침 한 방 톡 놓아 준 게지

다 나았다 다 나았다
호미에서 절로
일노래가 나오네

고드름

고드름
고드름은

맑고
고운
수정 건반

똑
똑
똑도독…

해님이 치는
하아얀
건반

까치

연초록 고운 잔디밭
'들어가지 마시오'

하이얀 팻말에 까만 글씨
또렷또렷 써 있건만

까치는 들어가
초록 여린 잔디를 밟고 서 있네

참,
까치는 글을 모르지

눈 1

하얗다
하얗다

동생 몰래 타고 온
세 발 자전거

그 위로
내린 눈도

하
얗
다

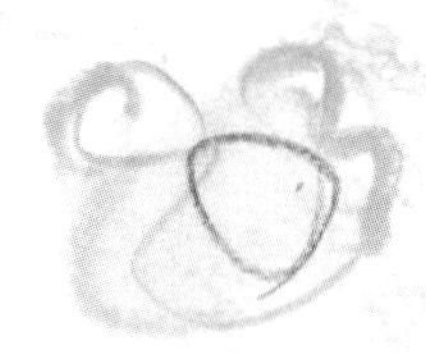

눈 2

고드름이 될테야
해님 다가와 입 맞춰 주면
기뻐 눈물 날 거야

아기 눈사람 될래 난
해님이 안아 주면 좋아 좋아
찔끔 오줌을 싸 버릴지도 몰라

나는야 꽃이파리 되어야지
발레리나처럼 사뿐사뿐
빈 나뭇가지에 내려앉으면
겨울새도 깜짝 놀랄 눈꽃나무 될 거야

바람에게

바람아
내가 너라면

추워 떠는 잎새를
찬 땅에 떨구진 않을 거다

내가 너라면
바람아

하늘 높이 높이 떠올라
별꽃만 한 아름 따 내릴 거다

반짝반짝 누리 가득 빛나도록
별꽃만 별꽃만 따 내릴 거다

생쥐 한 마리

이런이런, 생쥐 놈
고구마 야금야금 잘도 갉아 먹었네
얘야얘야 어서어서
고구마 창고에 들여 놓아라

네네 엄마
염려 마셔요

생쥐야 생쥐야
어떡하니
이젠 다른 먹일 찾아
떠나가야겠구나

쉿, 그 중 큰 고구마 하나
구석에 꼭꼭 숨겨둘게

왜 거기 계세요

축하합니다
축하합니다
아기 예수님 생일을 축하합니다

저 높은 하늘에선 함박눈 내려
동화 속 과자로 만든 집처럼
한 입 베어 먹어도 좋을 카펫
하얗게 하얗게 깔아 주시네

희고 고운 카펫 위에
저마다 발자국을 찍으며
아기 예수님을 찾아 나섰네

축복을 담을 광주리 하나씩 옆에 끼고
-기쁘다 구주 오셨네
세상에서 가장 큰 집으로
가장 밝은 집으로

한 아이가 먼저
구유에 누우신 아기 예수 보았네

아이만 아는 비밀
시린 손에 들린
조그만 선물상자

그 위로
뚝
눈물이 떨어지네

예수님 예수님 아기 예수님
왜 거기 계세요

지구본

지구본 속에는
힘줄 같은 산맥이 있네
물빛 바다가 있네
거기 크고 작은 섬들이 있네

어느 고운 손 있어
이리
잘 그려 놓았나

토끼 모양 아랫녘은
틀림없는 대한민국
내 친구 사는 곳
머나 먼 나라
캐나다도 한눈에 들어오네

나무 나무 춤추는 산
요동치는 바다
다 보고 그리기도 버거울 것을

바다 속 물고기 땅 위엔 꽃과 새
걸어 다니는 사람들
밤하늘 반짝이는 뭇 별까지
일일이 빚어 두신

하나님 그 손길은
아
얼마나 크실까

새 1

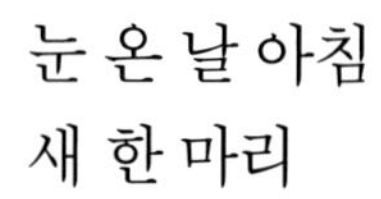

눈 온 날 아침
새 한 마리

하이얀 세상
더럽 탈까 보아

작은 신 벗어 놓고
종종 걸음

시린 발 호호 불며
종종 걸음

새 2

어미 새가 훨훨
날 수 있는 것은
한 입만 먹고
아기 새에게 남겨 주기 때문이야

아기 새가 훨훨
따라 날 수 있는 것은
주는 만큼만 먹고
욕심 부리지 않아서야

몸집 큰 아비 새가
요동치는 바다 위를
저리 유유히 날 수 있는 것도
욕심 다 버리고
날개 옷 한 벌로
날아가기 때문이야

새 3

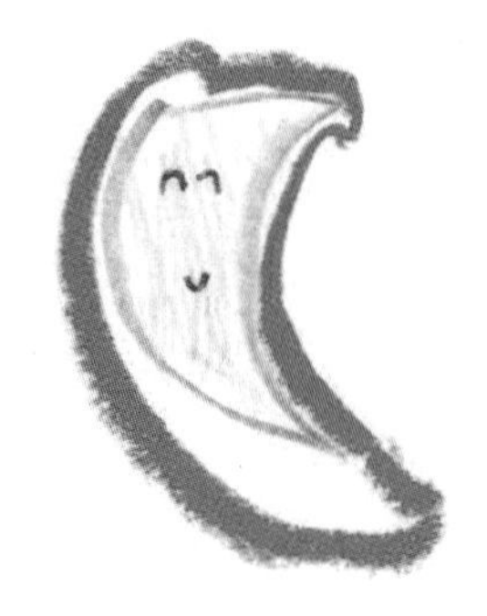

바람아
힘들지

이리 와
쉬어 가렴

한 타래 바람을 태우고
새가 난다

달

"누나가 그렇게 좋아?"
야간학습까지 졸졸 따라와

창 밖 나뭇가지에 걸터앉아
내내 기다리는 달

꼭
내 동생 같은 달

2

나무의 일기

까치 한 마리

까치 한 마리
나뭇가지에 앉아
땅따먹기 놀이하는 아이들
내려다보다가

아이들 돌아가자
사뿐
땅 위에 내려섰네

폴짝폴짝 아이들처럼 뛰어보다가
흘려 놓은 과자부스러기도
콕콕 쪼아 맛보곤

땅 빼앗기 놀이 부끄러워
행여 누가 보았을라
두리번 두리번
이내 담 넘어 날아 가버리네

그림자

딴 짓 하지 않아
그림자는

걸을 때
따라 걷고
멈추면
딱 멈춰 서지

담을 넘는 도둑의 그림자는
영락없이 담을 넘고
집을 지키는 큰 개의 그림자는
서서 집을 지키잖아

넌
어떤 그림자를 지니고 싶어?

시계

동그란 시계도 있고
네모난 시계도 있지만
동그란 시계도 오른쪽으로
네모난 시계도 오른쪽으로

다른 생각 서로 다른 목소리로
사람들은 지난 일을 두고 다투지만
추운 나라 시계도 오른쪽으로
더운 나라 시계도 오른쪽으로

저 38선 너머 북한의 시계도 오른쪽으로
오른쪽으로 오른쪽으로
한결같이 또깍또깍 전진하지요

날이면 날마다 시계를 보고
시간에 맞추어 살아가는 사람들
무거운 총 다 그만 내버리고

우리들도 시계처럼 한 마음 한 목소리
오른쪽으로 오른쪽으로
발맞추어 또깍또깍 전진할 순 없을까요

웃음

손발 동동거리며 까르르 까르르
온 몸으로 웃어대는 늦둥이 내 동생
그 웃음 좋아

눈웃음 따라
입가에 번지는 잔잔한 미소
울 엄마 그 웃음도 좋아

으하하하
하얀 이에 목젖 다 내보이는
아빠 너털웃음도 좋아 좋아

눈 부릅뜬 채 팔짱 낀
누나 코웃음 흥
참 싫다 싫어

꼭 그 만큼

칭얼칭얼 아기가 보채는 건
꼭 그 만큼
엄마 손길 바라기 때문

회초리 드신 아빠
꼭 그 만큼
올곧게 자라길 바라기 때문

탁 토라져 먼저 가버린 짝
꼭 그 만큼
그래, 내 마음 한 조각 바라기 때문

딱 한 개

수학여행
제주도 하 넓은 바다
해녀도 다 좋았는데

목에 걸린 가시처럼
딱 하나 걸리는
과수원에서 몰래 딴 귤 하나

저마다 매일매일
딱 한 개씩만 따간대도
그게 다 몇 개…?

용서

'용서하지 못하는 것은
건너야 할 다리를
무너뜨리는 것이다'

내겐 아직 어려운 말
읽고 또 읽어 본다

건너야 할 다리를
무너뜨리다니
건너갈 수 없겠네
건너 올 수도 없겠네

용서하고 용서하고
용서하고 용서하면
건너갈 수 있겠네
건너 올 수도 있겠네

그 다리 위를
뜀박질해 가도 좋겠네
뜀박질해 오면 더 좋겠네

말하는 나무

밤나무 한 그루
바람이 불 때마다
말을 하네

가지 마
나랑 놀자
알밤 한 톨 툭

조금만 더 놀자
또 줄게
툭툭

툭
툭
툭

거기 꼭 그 자리

흐르는 시내 물 물
하도나 맑아
맨발로 조심 들어갑니다

물 속, 눈에 들어 온 하트 모양 돌 하나
건져내려 손 내밀자
피라미 두 마리 놀라 달아납니다

정다워라 피라미 두 마리
하트 모양 돌 밑에서
둘만의 비밀 속삭였나 봐

볼수록 탐나는
하트 모양 돌 하나
만져만 보고 가만 돌아 나옵니다

조고만 조고만 피라미 두 마리
거기 꼭 그 자리서
다시 만날 약속 했겠지요

딱 이만큼

내 키가
딱 이만큼인 게
다행이야

앞에 앉은 친구보다 작았다면
칠판을 못 보잖아
뒤에 앉은 친구보다 조금이라도 컸더라면
또 어쩔 뻔 했어
그 친구 앞을 가리게 되잖아

내 키가
딱 이만큼인 게
참 다행이야

엘리베이터

엘리베이터는
정직하다

올라 갈 때나
내려 올 때나
먼저 누른 순서부터
화살표 방향으로

누구 하나 먼저
봐 주는 법 없다

층층 차례차례
층층 차례차례
1. 3. 5. 9…
14. 10. 6. 4…

엘리베이터는
참 정직하다

구시렁구시렁 쯧쯧

텃밭 한켠
뿅뿅뿅
두더지 구멍

구시렁구시렁
할아버지 애써 메우고

쯧쯧 (어느 길로 나올꼬)
할머닌
몰래 헤치고

텃밭 한켠
뿅뿅뿅
두더지 구멍

구시렁구시렁 메우고
쯧쯧 다시 헤치고

주인을 기다립니다

냇가서 물놀이 한창입니다
어른 아이 할 것 없이
마냥 즐겁습니다

해가 지자
냇가는
곧 조용해집니다

어디로 냇물은 서둘러 가는데
냇가 한켠 찌그려 앉은 쓰레기들은
울상이 되어 주인을 기다립니다

버림받은 강아지마냥
마지막 손길 닿은 그 자리 그대로
꼼짝 않고 주인을 기다립니다

금붕어

어항 속 금붕어
가만 귀 기울여 봐요
아멘 아멘 아멘 기도해요

싫어 싫어 싫어
우리와 달라요

어항 속 금붕어
하늘하늘 춤추며
네네 좋아 좋아요

어제도 오늘도
감사 감사 아멘 기도해요

나무의 일기

나무가 일기를 쓴다
1학년은 짧게
2학년은 조금 길게
나무들이 일기를 쓴다

꽃망울 터뜨렸을 땐
얼마나 기뻤을까
열매 골고루 나누어 줄 땐
참 흐뭇했을 거야

속상한 일도 있었겠지
억울한 일 왜 없었겠어
참고 참고 참아
'포기'란 낱말 끝내 쓰지 않지

나무가 일기를 쓴다
나무 저희들만 아는 글자
꼼꼼히 나이테에 저장해 둔다

늦잠 깨우기

늦잠에 든 아빠를 깨우려
짐짓 웃으며
엄마가 믹서기를 작동시킵니다

찌푸리며 일어나는 아빠께
유리잔에 조심
방금 간 과일 주스
듬뿍 담아 드립니다

찌푸리던 아빠
급 방긋
"음, 고마워!"

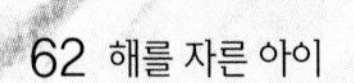

모기

어디
그 따건 침을 감추었담

하필 볼 한가운델
톡 쏘고 달아나는 모기 한 마리

쬐그만 날개 그 어디
따건 침을 감추었담

내 눈엔 모기 눈이 보이지도 않는데
그 큰 모기장을 살금 뚫고 들어와선

어느새 또 팔에 한 방
겁도 없이 다리에 한 방

사과나무

나는야 씨앗
조그맣고 까만 씨앗 하나
땅 속으로 땅 속으로
무서워
아 깜깜하고 답답해
숨도 잘 못 쉬겠어
그래도 참아야지
여기 이 자리
가만 숨어 있어야 한다면
참을래
꾹 참을래라

앗 간지러
몸 어디가 간지러워
여긴 어디?
눈 부셔 아이 눈 부셔라
안녕 새싹?
누구?
난 해님
히야 신기해 여긴 어디?

여긴 바깥세상
넌 또 누구?
난 아기 새 노래를 잘 해
읍 차거, 이건 또 뭐야?
난 봄비 목마르면 마시렴
아 시원해 고마워

무럭무럭 쑥쑥 자라
키가 큰 사과나무
선선한 그늘도 만들 줄 아네
아 아파 다리가 아파
견디어야 한다면
그래 바르게 서서 이겨내리라
오래 전 조그맣고 까만 씨앗일 적
땅 속 깊고 어두운 곳
홀로 참아 견디었던 것처럼
〉

아아 팔이야
팔마저 저려오네
주렁 주렁 주렁 주렁
초록 초록 초록 사과
참아
또 한 번 이겨내야 해
사과 사과 사과 사과
빨갛게 빨갛게 익을 때까지

나무

한 발로 서서
다리 아프지 않니?

아니 아니 나는야
한 발로 서야지만 기운이 솟지

똑마로 여기 지키고 서서
다리 아픈 아이 지나갈 때면
꼭꼭 기도하지

이 다음에 이 다음에
다리 아픈 아이
목발이 되게 해 달라고

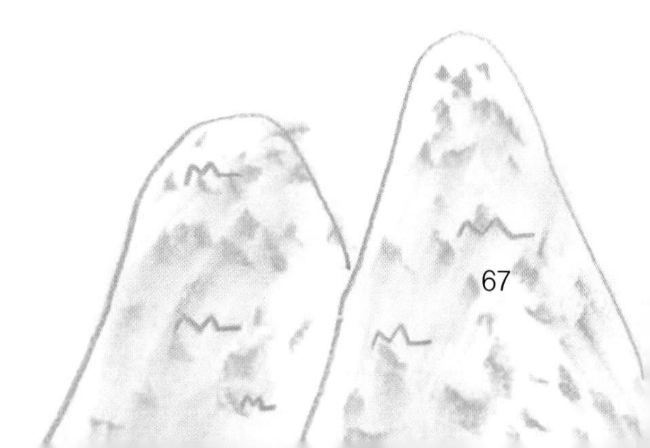

생일

숙제하려 펼쳐 든 책 속에서
툭, 떨어지는 카드 한 장

친구야 생일 축하해
민지가

딱 하루 먼저 태어났다던 짝 민지
어쩜 좋아 어제가 민지 생일이었네

손 전화 타고 뛰어가는 답 문자
민지야 고마워 그리고 미안해
늦었지만 네 생일도 축하해

학 한 마리

논둑 한켠 학 한 마리
'자연보호' 플래카드 바라보고 서 있네

발치엔 마저 못 치운
거름포대 병 조각…

다칠라, 후여 후여 내쫓아도
거기 그 자리 오두마니 서 있네

한 발로 땅을 딛어 물음표 모양
학아 학아 하얀 학아
꼭 물어보고 싶은 말 있니?

물수제비

잔잔한 물 위 물수제비
터 터 터터터 텀벙

신나게 헤엄치던 어린 물고기
영문도 모른 채 꿀밤 맞겠네

엄마 엄마 부르며
엉엉 울겠네

내 우산

가랑가랑 내리는 실비
우산을 쓸까 말까
-가랑비에 옷 젖는다
퍼뜩 떠오른 생각

활짝 우산을 펼쳐든다
생일 선물로 받은
땡땡이 무늬 우산

땡땡이 무늬 우산 위로
도둑고양이처럼
조심조심 가랑가랑 가랑가랑 조심조심
실비가 내린다

이제는 집으로 돌아가야 할 시간
앗, 우산이 없어졌다
땡땡이 무늬 내 우산
어느새 비는 주룩주룩…

누구 내 우산 못 봤어요?
땡땡이 무늬 우산이요

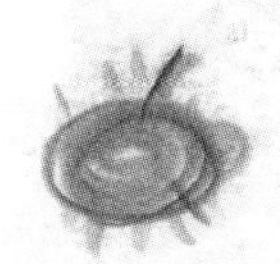

하나

김 무럭무럭 찐 감자
짝이랑 마주 앉아 맛있게 냠냠

달랑 남은 하나
"너 먹어!"
"네가 먹어!"

감나무 꼭대기에도
감이 하나
달랑

새 두 마리 가지에 앉아
"지 지루!"
"찌찌 찌루!"

울 언니

울 언니 별명은 노랑이
머리카락 노란 울 언니
노랑이 울 언니 중학생 됐다

노랑이 울 언니 첫 등교 날
덜컥 교문에서 붙잡혔다
'규칙' 어기고 염색했다고

우기다 더 혼난 그 날
난생 처음 염색했다
'규칙' 위하여 '규칙' 어기고

노랑이 울 언니
까망이 됐다

오른쪽으로

오른쪽으로 오른쪽으로
옳은 쪽으로 옳은 쪽으로
어머니 늘 말씀하셨지
-길이 아니면 가질 마라

친구 따라 들어간 무인점포
그중 탐나는 곰 인형
손가락이 근질근질

아니지 아니지
그른 쪽은 길 아니지
옳은 쪽이 길이지

오른쪽으로 오른쪽으로
옳은 쪽으로 옳은 쪽으로

엄마의 쉬는 시간

밥하고 빨래하고 청소하고 간식 만들고
그러고도 남는 시간엔
공부하는 우리 엄마

피곤하시죠 엄마
죄송해요
많이 도와드리지 못 해

밥은 밥솥이
빨래는 세탁기가
청소는 청소기가 다 하는데 무얼

또 그렇게
공부도 하시잖아요

공부? 아, 책 읽는 거
이건 엄마 쉬는 시간인 걸

양파 1

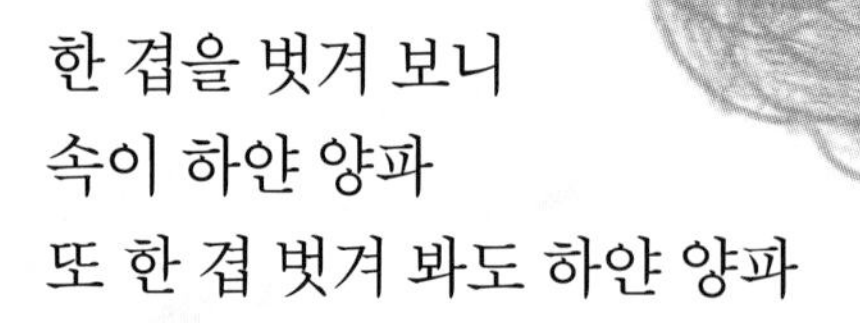

한 겹을 벗겨 보니
속이 하얀 양파
또 한 겹 벗겨 봐도 하얀 양파

우리가 너와 같다면
하이얀 하이얀
마음일 것을

꾹 참았던 눈물
병 될라
마저 흘리게 하는 양파

양파 2

하이얀 속살에
시치미 뚝 떼고 있어도
눈물 쏙 빼 놓는
대단한 그 성깔 알지

맛 된장에 버무려 있어도
양파 맛 가려낼 수 있어
후아 후아 풀풀
냄새 나는 걸

양파 3

나에게서도 장미향이 난다면
흠흠 얼마나 좋을까

장미에게서 양파 냄새 난다면
그래도 좋을까

장미향 양파
된장에 찍어 먹을 순 있을까

양파 냄새 풀풀 나는 장미꽃다발
얄궂은 친구에게 한가득 안겨 줄까

고맙습니다

하나님 고맙습니다
말씀 주시어

어머니 고맙습니다
처음 말을 가르쳐 주어

선생님 고맙습니다
글을 깨우쳐 주어

고맙다 친구야
내 말을 귀 기울여 들어 주어

3

꽃과 바람

달무리 1

저 높은 하늘에도
내 동생만큼이나
욕심꾸러기 있나 보다

달
“요건 내 거!”

몰래 살금
동그라미 해 놓았다

달무리 2

가끔은
달도 혼자이고 싶다

제 방에 들어 가
둥근 창 커튼을 드리우고

쏟아지려는 울음
꾹 참고 있다

달무리 3

먼 길 조심조심
쉬임 없이 달려 와

지금 달은 주차 중
동그란 주차장에 쏙 들어 있다

달무리
달님 전용 주차장에

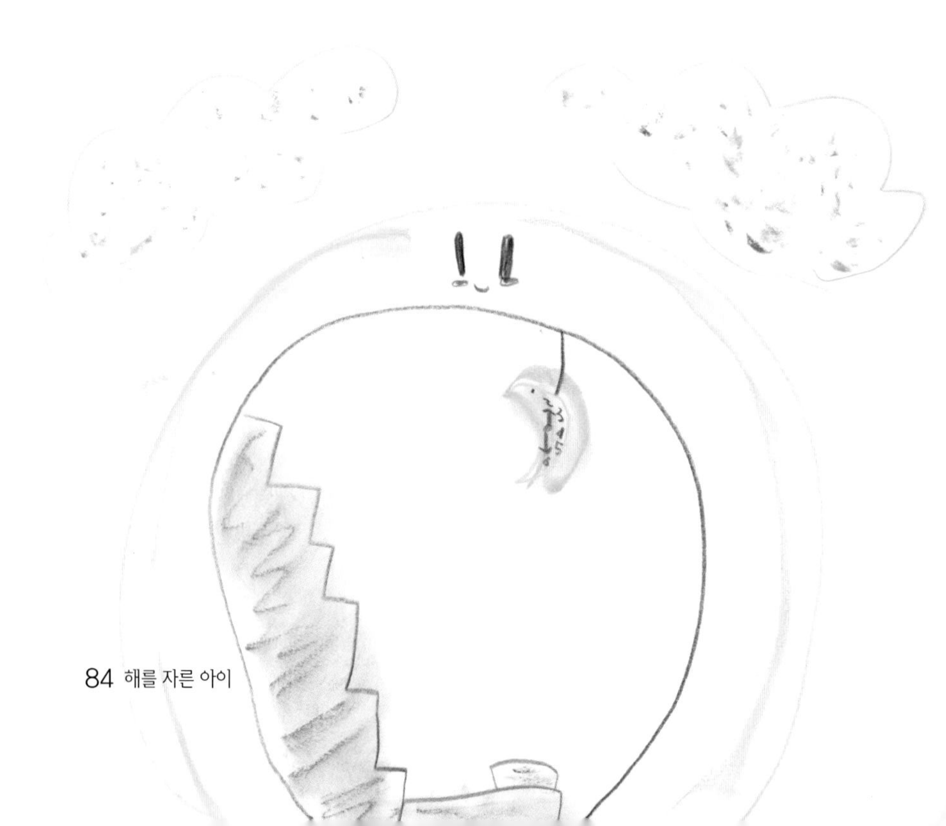

내가 듣고 싶은 말

여보세요?
엄마가 전화를 받을라치면
아가도 덩달아
장난감을 귀에 갖다 댑니다

천사가 내려와 아가 귀에
어떤 비밀 속삭여 주는 걸까요
틈만 나면 통화 중인 아가
옹알옹알 대답도 곧잘 합니다

아가의 장난감
내 귀에 갖다 대면
나에게도
천사가 속삭여 줄까요

내가 듣고 싶은 말
통일은 꼭 된다는
이 말 한 마디
들려 줄 수 있을까요

콩 한 봉지 꼭꼭

우리 할머니 손가락 힘도 세지
내 힘으론 못 풀겠네
꼭 묶은 보따리

엄마가 붙들고 끙끙
아빠가 붙들고 끙끙
겨우겨우 풀고 보니

콩 한 봉지 꼭꼭
팥 한 봉지 꼭꼭
깨소금 한 봉지 꼭꼭꼭…

우리 할머니 손가락
참 힘도 세지

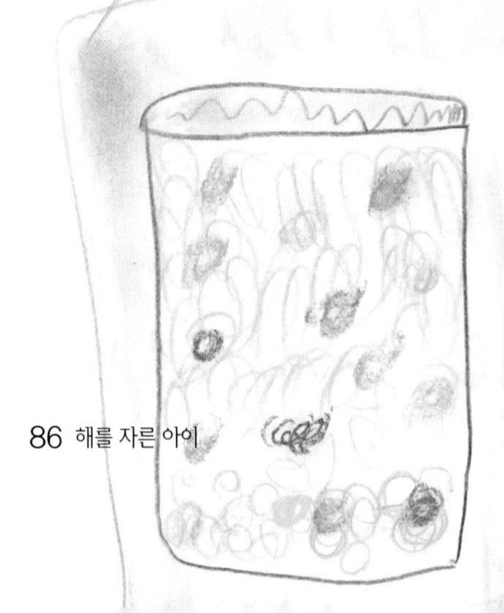
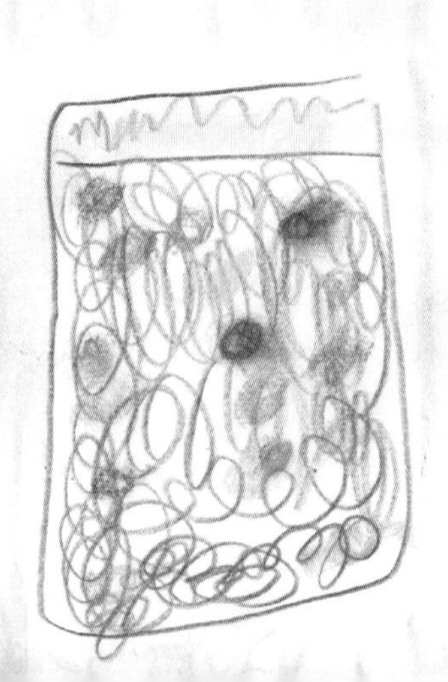

벌집

벌겋게 볼이 부어올랐다
하도 귀여워 벌도 다 네 볼에 뽀뽀를 하는구나
그리 말씀하시고도
아빠는 벌집을 확 뜯어버렸다

태풍이 몰려오던 날
할머니네 초가집도 무너졌다

저희라서 뒤란 외진 곳에
새로 지은 벌집
옷깃에라도 스쳐 무너질라
아빠 손 잡아끌며 비켜 나왔다

조마조마 지켜보던 꽃들이
고맙다고 고맙다고 인사를 한다

진주알 가질래?

치카치카 깨끗깨끗
잘 닦은 이
진주알 하얀 이

안 닦은 이
옥수수 알갱이
누런 이

진주알 가질래?
옥수수알 가질래?

아침마다

아침마다
알람시계가

왓따르릉
엄마를 깨우지요

엄마는 가만가만
아빠를 깨우고요

아빠는 언니를
흔들어 깨우고

언니는 내 발바닥을
마구마구 간질여요

땅콩

한 집
마주보는 방 안에
알콩달콩 땅콩 두 알

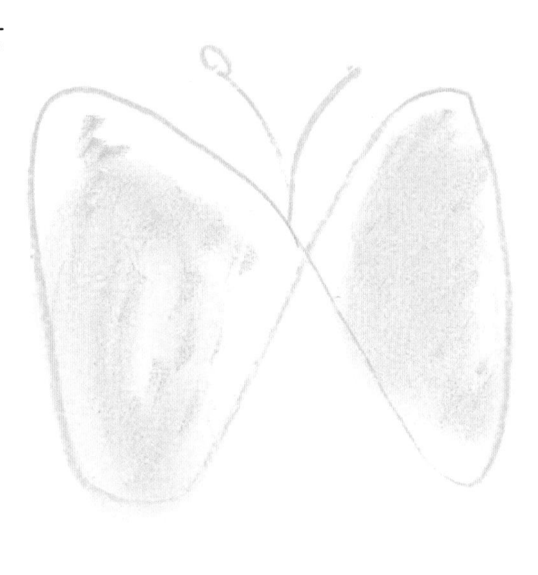

귀 기울여
바람소리 함께 듣고
단비 나눠 먹고

사이좋게
사이좋게
잘도 자랐네

고소한
고소한
땅콩 두 알

나비

조그맣고 여리다
말들 하지만

연두 빛 애기 봄
업어 나른 걸요

노랑노랑 노랑나비
하양하양 하얀나비

제비

엄마 아빠 제비 맞벌이 부부
아기 제비들만 집에 남아
짜짜짜 짜짜짜…

먹이 한 입 물고
엄마제비 날아와
첫째 입에 물려주고

아빠제비 날아와
또 한 입
둘째 입에 물려주고

엄마제비 아빠제비
몸살 나겠다

한꺼번에 다 담아오도록
엄마 아빠 제비 목에
모이주머니나 걸어 줬으면

이사

이사를 했다
해와 달과 별들도
우리 아파트로
금세 이사 왔다

창문을 열면
'엎드리면 코 닿을 데'
해와 달과 별들도
거기 산다

그렇게도
내가 좋을까

3시 35분

딱
멈추었다
3시 35분에

아침에도
저녁에도
3시 35분

저 시계도
아
머무르고 싶은 순간이 있나 보다

꽃과 바람

꽃잎은 꽃잎은
엉덩이가 아플 거야

바람 하르르
꽃잎을 띄워 주고

바람은 바람은
발이 아플 거야

바람님 바람님
꽃신을 신으셔요

꽃잎 하로롱
바람을 쫓아가고

입이 아픈 물고기

낚시가 취미인 우리 삼촌
그냥 낚시 아니고요
'손맛' 낚시래요

'손맛터'라는 낚시터가 있는데요
물고기를 낚아 '손맛'만 보곤
그냥 놓아 준다나요

놓아 주는 건 고맙지만
물 속 어디에도 병원은 없을 터
의사 선생님 더더욱 없을 터

한 마리 또 한 마리…
'손맛'에 걸려든 물고기들
아, 얼마나 입이 아플까요

거미

거미야 거미야
왜 울고 있니

어여쁜 아기
모기 물릴라
켜켜이 짜 놓은 거미줄

그만 엄마가
확 걷어 버렸어

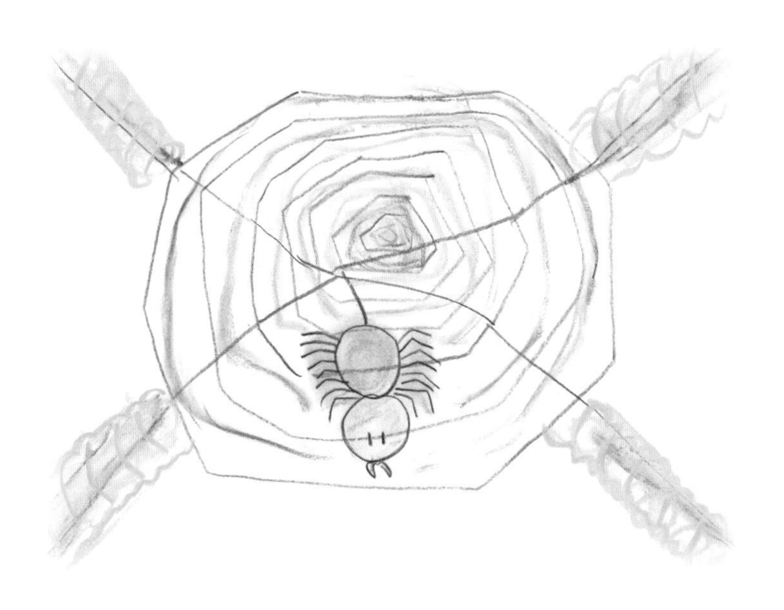

담쟁이 넝쿨

잃을까 봐
꼭 붙들고 있다
나무 바위 담벼락 전봇대…

생각만 해도 눈물나는
너도야
무엇 잃어 보았니

또 잃을까 봐
꼭꼭 붙들고 있다
담쟁이넝쿨 손가락 아프겠다

나무들의 조회 시간

눈 온 날 아침
새하얀 교복을 입은 나무들
숲속마을로 등교했다

지각생 없는 아침조회 시간
방송반 새들
바쁘게 소식 전한다

기침소리 하나 없이
귀 기울여 듣는
나무 나무들…

"손 시려! 발 시려!"
우리 같았으면 벌써
발 동동 굴렀겠다

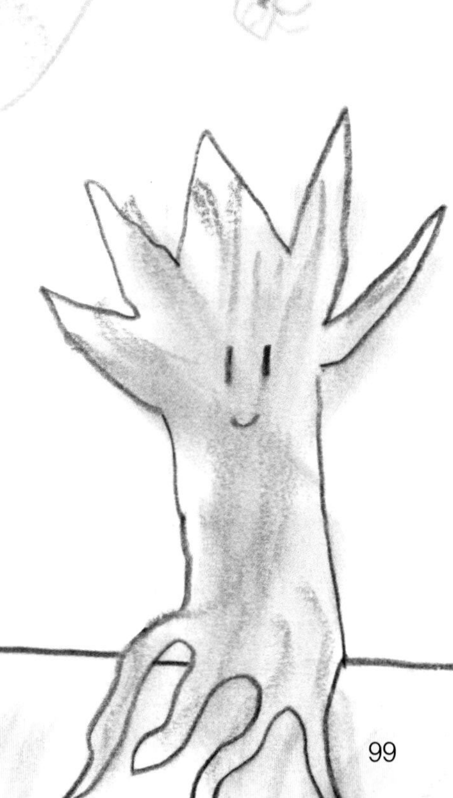

물 항아리

비웠다
다 비웠다

물
항아리

비우고 서니
가볍네

칼바람이 몰려와도
다 보듬어 안겠네

둘 사이

강아지 두 마리
코 킁킁 맞대고
짝이랑 나는 어깨동무

출근 길 아빠는
엄마랑 볼 뽀뽀
다정해 다정해

빗방울 우산도 가까이 가까이
마주대면 안 되는 하나
칫솔과 칫솔 사이

바다

바다는 바다는
이를 잘 닦아요
거품거품 하얀 거품
가글가글 내뿜으며

고래랑 상어랑
새우랑 멸치랑
깨끗한 물속에서
사이좋게 놀아라

거품거품 가글가글
이를 닦아요

비와도 같이

엄마 왜 우린 우산을 안 갖다 주세요
미안하구나 그렇지만 비 좀 맞는다, 죽진 않잖니
칫 그래도 언니랑 나만 비 맞잖아요
맞아 엄마가 우산을 펴들고 교문에 서서
기다려 주는 애들이 부럽단 말예요
전쟁 땐 어린아이들도 비 오 듯 쏟아지는 총알을 피해
살아 나왔더란다

어느새 다 자란 두 아이
비에 젖은 교복을 툭툭 털며
이제 비 따위는 두렵지 않아요
그래요 엄마
언니랑 나랑 물장구치며 뛰어왔어요
기특도 하지 다가올 모든 어려움도 비와 같은 거란다
비와도 같이 언젠가는 뚝 그치거든

다람쥐 1

할머니! 다람쥐 못 보셨어요?
다람쥐 다람쥐 내 다람쥐

응?
어디 다람쥐가 있었어?

아니 산골짝 다람쥐 말고
내 다람쥐

응?
어디로 숨었을꼬?

찾았다
다람쥐!

응?
찾았어?

네!
동시, 제목 다람쥐!

다람쥐 2

숲 작은 길섶
아껴 놓은 알밤 반 톨
다람쥐 고 작은 이빨자국 선명하네

냠냠 맛나게 갉아 먹다가
배고픈 친구 생각
더 먹고 싶은 걸 꼴깍 참고

하얀 속 알밤 반 톨
숲 길섶 한켠
꼭꼭 숨겨 놓았네

한 뜻

개굴 개굴 개굴 개굴

맴 맴 맴 맴

귀뚤 귀뚤 뒤뚤 귀뚤

독도는 우리 땅

가위와 풀

단 한 번
무엇이든 자를 수 있는 가위
네 손에 주어진다면
무얼 자르고 싶니?

그런 가위
내 손에 주어진다면
저 휴전선 철조망
싹둑 잘라버리지

단 한 번
무엇이든 붙일 수 있는 풀
네 손에 주어진다면
무얼 붙이고 싶니?

그런 풀
내 손에 주어진다면
남북한 두 동강 난 철도
딱 이어 붙여 놓지

해를 자른 아이

소문 난 음식점
구석 한켠 개집 속
호랑이처럼 생긴 개 한 마리
납작 엎드려 눈만 끔벅거리고 있었다

주방으로 내달려가
어렵게 이름을 알아냈다
화랑이!

조심조심 다가가
"화랑아! 화랑아!" 하고 부르자
꼬리를 흔들며 순하게 다가왔다
순번을 기다리는 내내 화랑이랑 놀았다

두 번째 그 곳에 갔을 때
화랑이가 먼저 꼬리치며 다가왔다
준비해 간 매직펜으로 몰래
화랑이 집에 화랑이 집이라
꾹꾹 눌러 썼다
킁킁거리며 화랑이가 맨 먼저

화랑이 집을 혀로 핥아 읽었다
- 앞으로는 손님들이 네 이름을 불러 줄 거야
그럼 심심하지 않겠지?

쓰다듬어 주고 돌아오는 길 멈추어 보니
어느새 화랑이 집 둘레에 몇몇 사람이 몰려 있었다
곧 "화랑아!" "화랑아!"하고 불러대는 소리가 들려왔다
그 틈바구니에 살살 꼬리치는 화랑이가 보였다

호랑이처럼 멋진 회색 줄무늬 화랑이!
화랑이 하루가 짧아졌다
지루한, 뱀보다 긴 하루 해 그 기다란 꼬리
이름표 하나로 단번에 잘라버렸다

이슬

낮엔 해를 띄워 두고
헤쳐 가며 찾아요
구석구석 샅샅이

우리 아이
못 보셨나요?

밤엔 달을 띄워 두고
더듬어 가며 찾아요
구석구석 샅샅이

우리 아이
못 보셨나요?

참다 참다 떨군
엄마 눈물
이슬

꽃과 벌

두 팔 벌려 가만
어떤 위로의 말을 했게
벌들 나래 접어
꽃님 품 속 파고들까

토닥토닥
또 얼마나 따순 밥 차려 주었게
힘차게 날아 나와
저리들 춤출까

피아노

딩동 딩동
피아노 소리
발걸음 멈추네

신기해 어떻게
책상 같은 물건에서
맑고 고운 소리 울려 나오지?

피아노 속엔
튼튼한 쇠줄 줄 서 있지
건반은 사실 여러 개 쪼만한 나무망치
쪼만한 나무망치 건반을 치면
쇠줄에 닿아 딩동

쇠줄 없음 안 돼요
쪼만한 나무망치 없어도 안 되죠
장난꾸러기 고양이 예쁜 발가락
아이들 고사리 손가락 없음
더더욱 안 되고요

쇠줄과 쪼만한 나무망치
발가락 손가락
정성 다해 힘 합하면
책상 같은 물건에서
딩동 소리가 나요

딩동 딩동
발걸음 멈추게 하는
피아노 소리

따라쟁이 매미

잠옷 휙
벗어 던져두고
휙휙 따라 던져두고

아빠는 회사로
오빠는 학교로

홀랑
매미도 벗어 던졌네

거짓말

없는 말
지어내는 것만
거짓말이 아니래요

꼭
해야 할 말을 않고
굳게 입 다물고 있는

그것도
거짓말이래요

4

새와 나무

고드름

눈이 내리네
눈이 내리네
물방아 작은 연못
수런수런 눈이 내리네

물방아 어지럽겠다
돌고돌고돌고
돌고돌고돌고돌고…
참 어지럽겠다

수런수런 내리는 눈
힘 켜켜 모아
물방아 붙들었다

고드름 되어
한 무리 고드름이 되어
있는 힘껏 물방아 붙들었다

어때
좀 쉴 수 있겠니?

깜짝이를 아시나요

깜짝이를 아시나요
깜짝이는 태명이지요
태명이 무어냐고요
엄마 뱃속에서 꼼지락거리는 그러니까
아직 이 세상에 태어나지 않은
아가의 이름이죠
어머나 세상에 내 뱃속에 아기가 하고
앗 깜짝 놀라 깜짝이가 되었답니다
꼼지락 꼼지락
깜짝이는 엄마 뱃속에서 무얼 할까요
꼼지락 꼼지락
아마도 이름표를 만들고 있을 거예요
할머니 할아버지 엄마 아빠
꼼지락 꼼지락 만든 이름표
조고만 두 손에 꼬옥 쥐고
힘들었다고 참말 힘들었다고
응애응애 울면서
깜짝이는 이제 곧 태어날 거예요

2019. 이른 봄

2019. 이른 봄
꽃방긋 우리 아기 태어나요

꽃방긋 꽃방긋 아기 웃음
얼마나 어여쁠까
응애응애 울어대도
마냥 귀여울 거야

꽃샘추위 시리어도
나무들 저마다 눈꽃 목욕하고
연두빛 폭죽 터뜨리는
2019. 이른 봄 그 때가 되면

꽃방긋 우리 아기
외할머니 되거든

나는야
세상에서 가장 행복한 사람
해해실실 주름살
여왕님 왕관과 바꿀 수 없어

꽃방긋 꽃방긋 응애응애 우리 아기
세상에서 가장 행복한 아기
해해실실 주름살
세상에서 가장 행복한 외할머니

아하, 알겠다

너무 큰 소린
들을 수 없대요
아주 작은 소리도
들을 수 없다죠

어항 속 금붕어
무어라 말하는지
귀 기울여 봐도
들리지 않아요

날이면 날마다
작은 입만 뻐끔뻐끔…
아하, 알겠다
담배 피우지 말라는, 그 말이지?

겨울과 여름이 주고받은 문자

여름아 안녕 난 겨울이야
차가운 바람주머니를 지니고 있단다
차가운 바람을 확 쏟을라치면
오들오들 온 세상이 떨지

안녕 난 여름이야
흐더운 바람주머니를 지니고 있단다
흐더운 바람을 확 쏟을라치면
온 세상이 땀을 뻘뻘 흘리지

어때 우리가 바람주머니를 바꿔 보는 건
서로 바꾼 바람주머니를 확확 쏟아 놓는 거야
여름 넌 차가운 바람
겨울 난 흐더운 바람

좋겠다 좋겠다
시원한 여름
참 따뜻한 겨울

파리 여행

파리도 여행을 하고 싶었나 보다
나보다 먼저 버스에 올라 있네

신호등에 멈춰 선 버스
그 새를 못 참아
“이 놈의 파리 새끼!”하며
기사 아저씨 두 팔 내젓네

서로 잡아 보겠다,
손님들 덩달아
이리 뛰고 저리 뛰고…

살금 아무도 몰래 창문을 열었다
뒤도 안 돌아 보고 줄행랑치는 파리
창 밖 멀리멀리 날아가네
혼쭐이 난 파리 여행

새와 나무

처음
새들은 집이 없었다

어느 날 새 한 마리
나무를 찾아갔다

나무야 나무야
내가 거기 깃들어도 되겠니?
심심하지 않게 노랠 불러 줄게

나무는
고개를 끄덕였다

거기 둥지를 튼 새들
고마워 고마워 노래하고
그 때부터 나무들은 춤을 추게 되었다

꽃 귀에 대고

풀숲에 숨어 핀 꽃 분홍 한 송이
가까이 다가가 앉아본다
문득 애기 때 생각

사나운 말투로 “이뻐!”하면 앙앙 울고
부드러운 말씨로 “미워 잉!”하면
까르르 까르르 웃었다고

꽃 귀에 대고
“이뻐!”하고 소릴 질러본다
하늘하늘 온 몸 흔들며
향내음 뿜어 준다

“미워 잉!”하고 속삭여본다
다시금 뿜어내 주는 향내음

소릴 질러도, 좋다고
가던 길 멈추어 바라봐 줘
마냥 고맙다고

종합검진

눈 온 날 오늘 종합검진
나무들 어느새
흰 환자복으로 갈아입었네

새 잎 틔우랴
꽃 피우랴
주렁렁 열매 맺어 나누어 주기까지

쯧쯧
얼마나 고달팠을꼬

해 의사 선생님 혀 쯧쯧 차시며
레이저를 쏘아
나무들 일일이 치료해 주시네

한 그루 벚꽃나무

분홍하양하양분홍 꽃꽃꽃
무리 속
팔이 잘린 한 그루 벚꽃나무
분홍하양하양분홍 활짝 피어 있다

원망도 없이
더 많이 못 피어 미안하다는 듯
분홍하양하양분홍 수줍게 피어 있다

멈추어 마주보던 목발 짚은 아이에게
힘내라 힘을 내라
꽃이파리 흩날리며 응원한다

릴레이 기도

봄, 개굴개굴
통성기도 우렁차네
여름철엔 매미 떼
가을 귀뚜라미
릴레이 기도로 이어지네

우리의 소원은 통일
어서 빨리 소원을 이뤄 주세요!

겨울엔 겨울엔 함박눈
소리 없는 묵상기도
한 하늘 같은 땅
허리 띠 없는 토끼모양
눈 이불 한 장으로 소복이 내리 덮네

* 통성기도 : 큰 소리로 다 같이 하는 기도

* 묵상기도 : 소리 내지 않고 마음속으로 하는 기도

매미 1

여름 한낮
문 활짝 열린 피아노 교실
높아만 가는 선생님 목소리

거긴 파가 아니야
미 미
그건 미라니까

교실 뒤 켠
키 큰 미루나무
그 속에 꼭꼭 숨은 매미들

소리 높여
미 미 미
미 미 미 미

매미 2

매미들 세상에도
오래 해결 못 한 어려움 있나 보다

여름 한낮
상소가 빗발친다

전하!
통촉하시옵소서!
통촉하시옵소서!

맴맴!
맴맴맴맴맴맴맴!
맴맴맴맴맴맴맴!

반성 마스크

처음, 말은 하나였대
한 목소리로 지저귀는
저 새들처럼

언제부터인가 사람들
욕심의 탑을 쌓기 시작했대
높이 더더 높이…
그 때 하나님, 말을 흩으셨다지

흩어진 말 흩어진 생각
사람들은 각기 다른 말을 하지
한 쪽에선 전쟁
다른 한 쪽에선 평화

같은 곳을 향해 가다가도
차끼리 부딪히면
욕지거리 서슴지 않아

하나님 단단히 화가 나셨나봐
코로나 마스크로
입을 다 막으시네

새들은 오늘도 사이좋게 지저귀고
우리들은 아직
반성 마스크를 쓰고 있다

세탁기가 도망간다

전에 없이 요란한 소리
세탁실 문을 여니
소리소리 지르며 앗,
세탁기가 도망간다

정지, 버튼 누르자
급 멈춰 선 세탁기

엉킨 세탁물 그중
큰 베개를 꺼낸다
물 먹은 베개
으, 무거워!

다시금 동작 버튼
일감 덜어 줘 고맙다고
랩 하는 듯 춤추는 듯
신나게 신나게 세탁기가 돌아간다

까미랑 하양이

고양이 남매
까미랑 하양이
오빠 까미 탈이 났어요

동물병원에 입원한 까미
야옹야옹
하양이는 내내 울어요

3일 만에 돌아 온 까미
하양이가 달려가
뽀뽀해요

빼앗아 먹기 바쁘던 간식 츄르도
한 발짝 물러나 앉아
가만 양보하네요

쉿,
둘이 껴안고 자는 것 좀 봐

거미 두 마리

아기 옷 엄마 옷…
큰 수건 작은 수건 양말…
건조대 가득
빨래빨래 정겹다

심술바람 불어
어쩌나,
건조대가 넘어졌네

아기는 그만
으앙!

아가야 아가야 우지 마라
우리가 꼬옥 붙잡아 줄게

새 아침
건조대 한켠
거미줄 거미줄 켜켜 엮어

조고만 조고만 거미 두 마리
있는 힘껏
건조대 붙잡고 있네

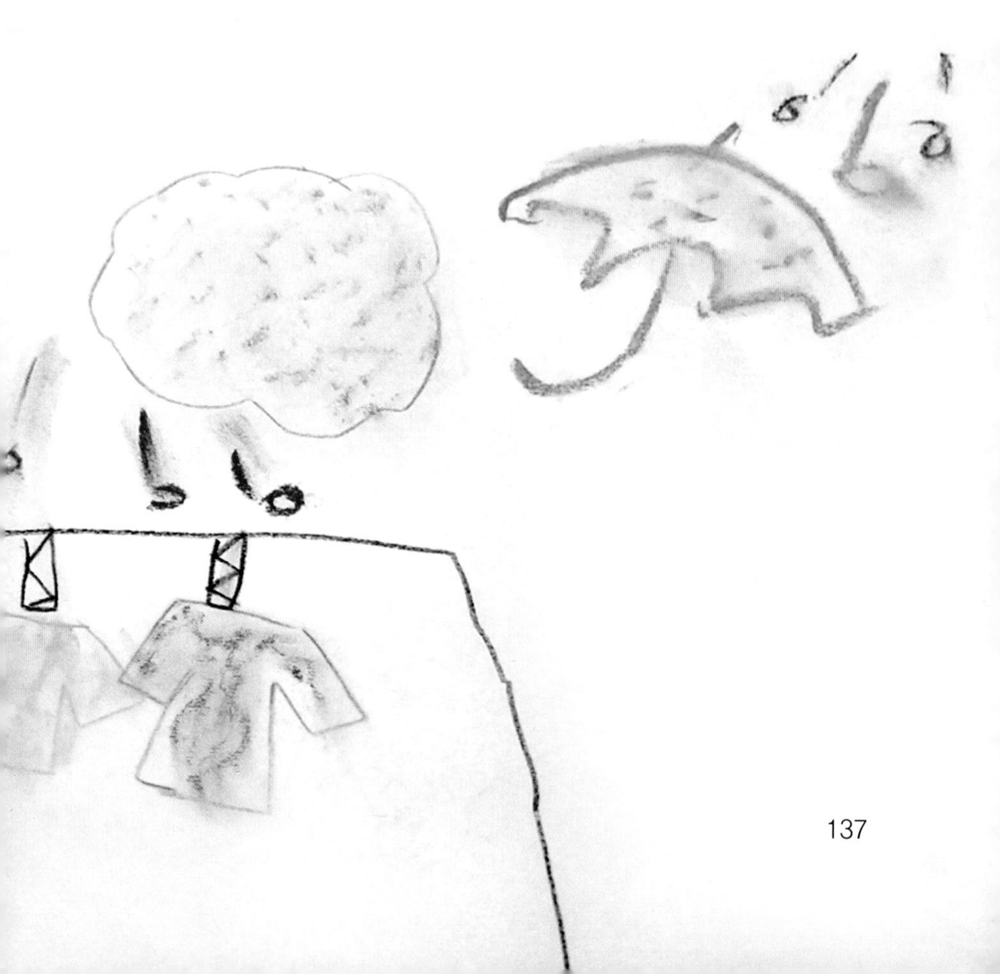

은행나무

메추리알메추리알
메추리알 같은 은행
올망졸망올망졸망
옹망졸망올망졸망

뙤약볕
행여 더울세라

초록초록초록초록
초록초록초록초록
그늘로는 모자라,
초록 이파리

쉴 새 없이
손부채질 하고 있네

첫눈

눈이 옵니다
눈이 옵니다
소리 없이 가만
눈이 옵니다

다 덮고 용서하라,
끝내 다문 입처럼
꾹 닫힌 장독대
그 위에도 가만 내려

눈이 옵니다
눈이 옵니다
소리 없이 가만가만
첫눈이 옵니다

2월

1월은 좋겠다
새로이 한 해가 시작된다,
달력 우러러 보며
새 다짐 새 각오
3월엔 새 학년 새 기쁨

12월은 더 좋겠다
곳곳에 반짝이는
크리스마스트리
- 기쁘다 구주 오셨네
교회마다 울려 퍼지는 찬송소리

2월, 너는 '겨울'이야
아리따운 신부 하이얀 면사포
거기 하늘거리는 레이스 같은 눈
하얗게 하얗게 부서져 내리는
넌 아름다운 겨울

2월 네가 없다면
이 빠진 달력
3월은 못 오고
12월 아아, 크리스마스는
아마 영영 못 올지도

국어시간에

책을 읽어 내려가다
갑자기
선생님이 흑, 흐느껴 울었습니다

여기서 흑
저기서 흑흑
너나없이 우리는 따라 울었습니다

영문도 모른 채
누구도 아무 말도 하지 않은 채
국어시간 내내 우리는 그렇게 울었습니다

우리 할머니

헤이 카카오
오늘 날씨 좀 알려 주

현재 그곳은 흐려요
11시에는 비가 오고
오후에는 구름이 많겠어요
기온은 2도에서 3도에요
미세먼지 농도는 보통이에요
외출 시 우산 챙기는 거 잊지 마세요

어유 고마우셔라
고마워요 고마워요

우리 할머니는 매번
머리를 조아리며 인사를 하신다

나만 알지

한여름 늦은 밤 꼭 이맘때쯤
활짝 열린 창가에 앉아
어린이신문 뒤적일라치면

길 건너 강아지
멍멍 짖지

신문 한 장 넘기면
멍!
연거푸 두 장을 넘기면
멍멍!

와자작 구겨버리면
멍멍멍멍…!

다 늦은 밤
온 동네 시끄럽게
멍!
멍멍!
멍멍멍멍…!

왜 그렇게 짖어대는지
나만 알지

겨울나무

한 겨울
벌거벗긴 나무

하나님
제가 무얼 잘못했나요?

아니라
한 해 동안 수고 많았느니
시큰시큰 아픈 몸
눈꽃파스 붙여 주마

이제 곧 봄이 되면 내,
연두빛 새 드레스 입혀 주지

눈이 눈이 내려
온 몸 가득 덕지덕지
눈꽃파스 붙이고 선
나무 겨울나무

가을

가을, 지구는
우리 할머니 같다

콩 깨 감자 고구마…
보따리 한가득
이고지고 이고지고
무거워 무거워서 기우뚱

가을, 지구는
꼭 우리 할머니 같다

사과 배 감 귤 포도…
주렁주렁 실과
배추 무 고구마…
주러렁 주러렁 커다란 호박까지

이고지고 이고지고
무거워 무거워서 기우뚱

4월이 없다

새 달력을 받아 든 아이
수선을 떨며 제 생일을 찾는다
1월 2월 3월　5월…
? 4월이 없다

내 생일 내 생일
4월 11일 내 생일!
그만 아이는 울음을 터뜨렸다

아이야 우지마라
이 빠진 달력 4월이 없어도
봄은 문을 열고
4월 11일 네 생일은 돌아온단다

그 때 우리
생일 케익에 촛불 켜고
한상에 둘러앉아 미역국을 먹자꾸나

우지마라 아이야
이 달력엔 4월이 없어도

연두빛 어여쁜 모자를 쓰고
4월 11일 네 생일은 꼭 돌아온단다

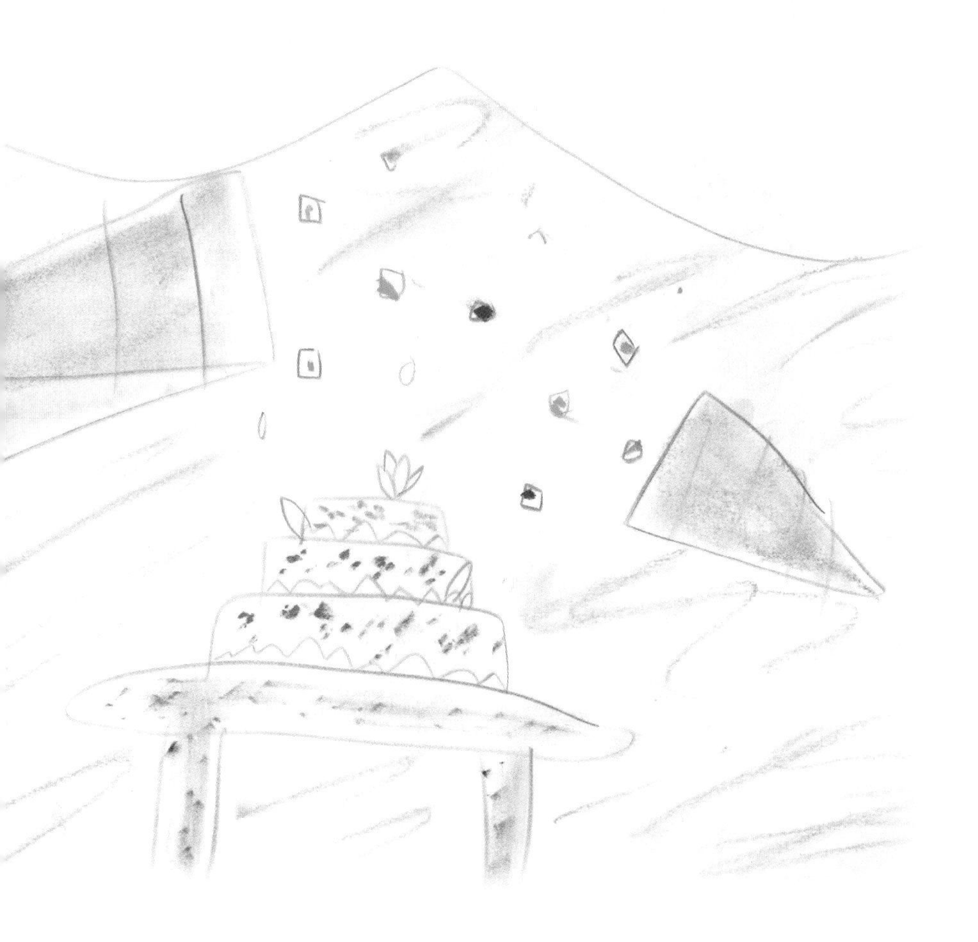

귀뚜라미 1

츳츳
츳츳츳…

귀뚜라미
할머니 귀뚜라미

오늘 밤에도 손주 녀석
말썽을 피웠나 보다

츳츳
츳츳츳…

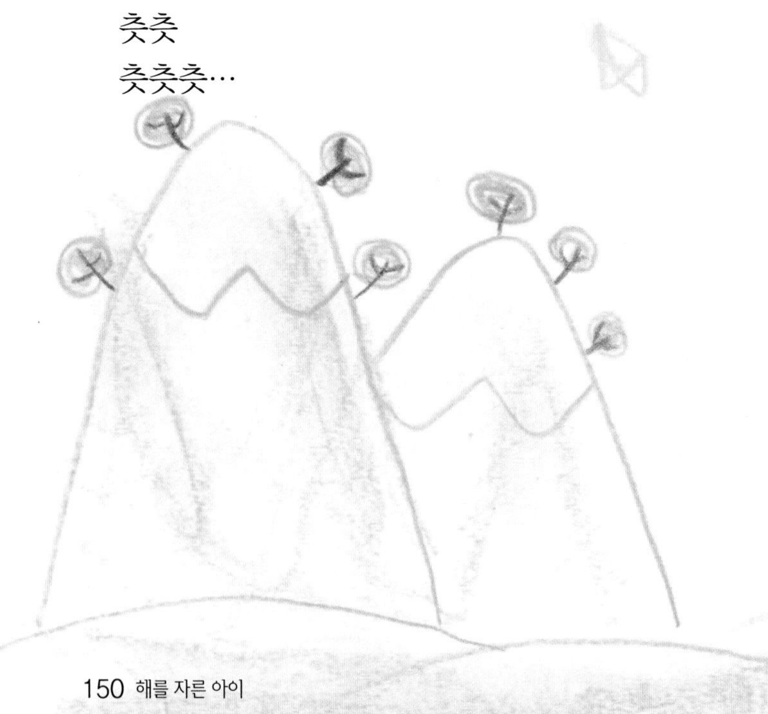

귀뚜라미 2

귀뚜라미
노래 한 소절에
맴맴 매미 떼 조용

부채 선풍기
에어컨 바람으로도
쫓지 못 한 무더위까지

귀뚜라미
노래 그 한 소절에
냉큼 다 물러갔다

책장을 펼치면

책장을 펼치면
어디서 흐르는
맑은 물소리

졸졸 흐르는 그 맑은 물에
찌든 마음 헹구면
어느새 촉촉해지는 마음

엉겼던 응어리도
졸졸 풀린다

꽃 가까이

꽃 가까이 ‘꽃’ 이름표를 달고
가만 서 있으면
꽃내음이 날까

끄덕이거나
아니라 고개 저어도
향긋 풍겨오는 꽃내음

바람비에 묻어 울고
자주
고개 끄덕이고

떼로 몰려와 꼬질러대는 벌들에겐
아니라 아니라
한 입씩 꿀 먹여 다독이며
거기 가만 서 있으면

크게 끄덕일 때
아니라 고개 내저을 때
내게서도 향긋
꽃내음이 날까

[아동문학평론 제107호 계평]
'동시의 발상과 인식의 전환' 중에서

김예순 시인의 봄비

- 전병호(아동문학평론가)

비가 온다

툭
툭
투
두
둑
.
.
.

하나님이 치는
컴퓨터 소리

어여쁘게 자라거라
향기롭게 자라거라

꽃들에게 보내는
초록 이메일

김에순의 '봄비'에서 취할 점은 대체로 두 가지 정도 들 수 있을 것 같다. 첫째, 간결미가 돋보인다. 불필요한 수식어가 없다. 언어의 과감한 생략과 함축으로 산만함을 배제했다. 메시지가 또렷하게 드러난다. 둘째, 어느 정도 표현이 새롭다는 점이다. 시상은 '봄비' 하면 흔히 등장하는 상투성에서 벗어났다고 말하기는 어렵다. 그러나 표현이 참신하다. 1연은 그냥 '비가 온다' 하고 현재상황을 그대로 제시한다. 굳이 꼬집어 말한다면 비시적인 산문적 진술이라고 할 수 있다. 2연의 1,2행에서도 '툭/툭' 하고 빗소리의 의성어를 사실적으로 제시한다. 그런데 빗소리는 2,3행부터 '투/두/둑·/·/·' 하고 어느새 컴퓨터 자판을 치는 소리로 바뀌고 있다. 음의 유사성에 의하여 빗소리의 청각적 이미지가 컴퓨터 자판을 치는 소리의 청각적 이미지로 전환된다. 이 과정에서 의미의 전이도 함께 이루어진다. 그러고 보니까 '비가 온다'거나 빗소리를 '툭/툭' 하고 사실적으로 진술한 것은 빗소리를 컴퓨터 자판치는 소리로 변용하기 위한 치밀한 시적 구도에서 비롯된 것임을 깨닫게 된다. 시인은 다시 상상력을 확장한다. 그 결과 봄비가 하나님이 꽃들에게 보내는 초록 이메일임을 알게 된다. 요즈음 아동들에게 충분한 공감대를 형성할 수 있다고 보여 진다. 이 동시에서 크게 부각되는 점은 시적 사물에 대한 현대 감각적 인식을 아동들이 공감할 수 있도록 절제된 언어로 형상화해냈다는 점이다.

책 끝에

먼저, 허락 없이 계평을 실어, 전병호 선생님께 양해를 구합니다. 닿을 수 없는 곳에 계시는 서오근 선생님께는 뒤늦게나마 감사 인사드립니다. 그림을 그려 준 내 마지막 피아노 제자 오하영에게도 감사를 전합니다. 바라기는 어여쁜 아가들 은후랑 리아도 즐겨 보는 동시집이 되었으면 합니다.

많은 말 대신, 이제는 별이 된 햄스터 '은이' 아기 새 '또니' 그리고 지금껏 14년을 한 결 같이 우리 곁을 지키고 있는 까만 강아지 푸들 '연두', 이 동화 같은 이야기로 책을 펼치는 모든 분께 인사를 대신합니다.

숲속 작은 집 친구들

오랜 바람 끝에 숲속 작은 집으로 이사를 오게 되었습니다. 앞시냇물은 두 눈을 적시며 흘러 흘러가고 창가엔 지킴이처럼 아름드리 주목나무 한 그루가 버티고 있었습니다.

"저 머리 아픈 나무만 아니면 냇물이 한눈에 들어올 텐데, 머리 아파! 머리 아파!"

끝내 머리 아픈 나무는 제 자리를 지켜 서 있게 되었습니다.

해 좋은 오후엔 우리 집 막내 까만 푸들 연두에게 그 머리 아픈 나무 밑에서 동요를 불러 주곤 했습니다.

냇물아 흘러 흘러 어디로 가니
강물 따라 가고 싶어 강으로 간다

하도나 좋아 1년이 지나도록 잠드는 시간이 다 아까울 지경이었습니다.

"산아! 나무야! 돌들아! 새들아! 우리 연두랑 다함께 사이좋게 지내자."

그러는 사이 식구가 늘었습니다. 딸아이들이 햄스터 두 마리를 키우는데 심하게 싸워대는 통에 한 마리를 떼 내 데려왔다는 은이라는 이름의 햄스터. 보자마자 "은이야!" 하고 불렀더니 순간 얼음공주가 되어 뚫어져라 날 쳐다보는 것이었습니다. 은이는 분명, 제 이름을 알고 있었던 것입니다. 그런데 이름을 일러준 언니들은 정작 "햄톨아!" "햄톨아!" 하고 불러댔습니다.

볼에 넣어 운동을 시킬라 치면, 떼굴떼굴 굴러가는 털빛 하얀 은이를 저에 비해 어마어마하게 크고 까만 연두가 '게 섰거라!' 쫓아가는 모양새라니요.

한 번은 볼 구르는 소리가 안 들려 급히 가 보니, 볼 뚜껑이 열린 채 쪼만한 은이는 얼어 서 있고 그런 은이 등을 연두가 살살 핥고 있는 게 아니겠어요? 연두는 어여뻐라, 한 것 같은데 은이는 얼마나 놀랐을까요? 그 후로 볼 운동 시킬 때면 방문을 꼭 닫아 두어야 했습니다. 모래를 갈아 주고 깨끗한 물에 먹이는 물론 맛난 간식까지 게다가 따뜻하게 시원하게, 그런 정성을 잘 알고 있다는 듯, 한 번은 은이를 꺼내어 마주보고 있자니 순식간에 확 기습뽀뽀를 해 버렸습니다. 깊이 은이는 나를 사랑하고 있었던 것입니다.

그렇게 몇 년을 우리와 함께 한 은이는 어느 겨울 밤, 회전 볼 운동을 한 차례 거르더니 홀연 떠나가 버렸습니다.

머리 아픈 나무 밑에 묻고 와서는 울먹울먹, '추웠었나? 더 좀 잘 보살펴 줄 걸!' 후회하며 두꺼운 버선을 접어 주인도 없는 은이 방을 만들었습니다.

풀을 뽑는 재미도 쏠쏠했습니다. 그 날도 콧노래를 부르며 마당 끝 둔덕에서 풀을 뽑다가 문득 고개를 들어 보니 손가락만

한 뭔가가 둔덕에 솟아 나와 있었습니다. 힘이 없어 뵈는 것이 죽은 것도 같고 산 것도 같고 거뭇거뭇한 게 눈이 있는 건지 없는 건지?

"너는 뱀이니, 무엇이니? 너는 왜 죽었니? 살아 있는 거야?"

듣는지 마는지 움직임이 없었습니다. 와락 겁이 나 호미만 챙겨들고 슬그머니 물러나왔습니다. 반나절쯤 지나 되짚어 가 보니 그 자리에 숭 구멍이 나 있었습니다. 새끼 뱀이 분명했습니다. 세상에 뱀한테 말을 다 걸다니! 신기하게도 그 후로는 뱀도 다 정겹게 느껴지는 것이었습니다. 그러고 나서 얼마 지나지 않아 이번엔 뒤꼍 풀을 뽑고 있는데 커다란 뱀이(개 어미가 아니었을지?) 가까이 샤 지나가는 것이었습니다. 막 바위틈으로 들어가려던 참에 나도 모르게 그만 뱀을 불러 세우고 말았습니다.

"안녕? 난 연두 엄마야!"

그러자 그 큰 뱀이 딱 멈춰 서는 게 아니겠어요?

"난 네가 무섭지 않아. 너희가 사는 곳에 우리가 쳐들어 와 미안. 그렇지만 우리 사이좋게 지내자, 응? 그래 자, 이제 그만 가 봐 안녕!"

가만 귀 기울여 듣고 있던 뱀이 안녕! 하자 그제야 바위틈으로 스르륵 들어가는 것이었습니다. 일전에 만났던 새끼 뱀이, 둔덕에서 어느 착한 아줌마를 만났다고 얘기해 두었던 건 아닐까요?

하루는 집 뒤로 이어진 산기슭서 더덕을 캐던 연두아빠 (버젓이 언니들 이름이 있는데도 이곳 숲속 마을에선 모두 그렇게 불렀습니다.) 다급한 목소리가 들려왔습니다.

"연두 엄마! 연두 엄마! 이리 좀 와 봐, 여기 뭐가 있는 거 같아!"

헐레벌떡 뛰어 가 보니 새끼 고라니 한 마리가 돌 틈에 끼어 있었습니다. 놀라지 않게 조심조심 돌을 치워 주곤 짐짓 못 본 척 우리는 시치미를 떼고 물러나왔습니다.

해질녘 장화를 신고 물가 쓰레기를 줍고 있는데 그 새끼 고라니가 먼발치 물풀 새로 나를 빤히 바라다보고 있는 게 아니겠어요? 깜짝 반가워 "안녕!" 하며 집게가 들린 것도 잊은 채 팔을 높이 들어 흔들었습니다. 기다란 집게에 놀랐는지 새끼 고라니는 그길로 화들짝 내달아나 버렸습니다.

몇 해가 그렇게 꿈결처럼 흘러, 연두 아빠의 직장을 따라 다시금 시내로 옮겨가게 되었습니다.

"산아! 나무야! 돌들아! 새들아! 모두모두 안녕안녕…!"

이삿짐을 싸며 다람쥐들이라도 혹 먹으려나 싶어 반 잘라 말려 둔 알밤을 가져다 일전에 더덕을 캐던 거기쯤 놓아두었습니다. 아니나 다를까, 다람쥐들 들락날락 반톨 알밤을 신나게 까먹고 돌아다녔습니다. 그 모습을 연두와 함께 정자에 앉아 숨 죽여 지켜보곤 했습니다. 차츰차츰 다람쥐 요것들이 잔디밭 가까이까지 내려오기 시작했습니다. 그럴 때면 어찌나 연두가 짖어대던지 쪼만한 다람쥐들 기겁하고 줄행랑을 쳤습니다.

"옛다, 요건 너희들 다 먹어라!"

두 바구니나 되는, 속이 하얗게 고슬고슬 잘 마른 쪽 낸 알밤을 산자락 끝에 모두 쏟아 부어 주었습니다. 다람쥐들 아주 신이 났습니다. 그런데 비가 왔습니다.

"앗, 알밤…!"

다급히 뛰어가 보니 알밤은 벌써 젖어 있었습니다. 조금씩 놓아두던가, 여기저기 흩뿌려 놓았어야 했습니다. 하루 이틀 그렇게 썩어가는 알밤을 보고 있노라니 불현 듯 성경 속의 '만나' 이야기가 떠올랐습니다. 욕심껏 거둬들여 이튿날 아침까지 남겨둔 만나는 벌레가 생기고 냄새가 났다지요. 생각이 거기 미치자 그 날 그 날의 '일용할 양식' 만으로 감사해야겠다는 생각이 들었습니다.

더는 가까이 다람쥐들을 볼 수 없었습니다. 야속도 하지. 그 후로는 쌀을 한 줌씩 갖다 놓아 보았습니다. 그러자 이번엔 새들이 뭐라고뭐라고 지껄이고 다녔습니다. 그러더니 급기야 기다란 전깃줄에 새떼가 떼거지로 시커멓게 들러붙어 있는 게 아니겠어요? 순간, 영화 속의 새떼가 떠오르며 확 무섬증이 들었습니다. 그 날 이후 더는 쌀을 놓아두지 않았습니다. 더 이상 새들도 떼를 지어 오진 않았습니다.

떠나오기 며칠 전 뒤란에 갓 난 새 한 마리가 떨어져 있었습니다. 손가락 두 매듭 크기로 맨살에 눈도 못 뜬 가여운 새. 은이가 떠난 후 눈물을 머금고 만들어 둔 버선 방에 간당간당 숨을 쉬는 갓난 새를 뉘였습니다. 이름은 또니 (또 은이!)

또니는 시도 때도 없이 먹을 것을 달라, 보챘습니다. 곧, 틈만 나면 풀벌레를 잡아 오는 것이 새로운 일과가 되었습니다. 조심스럽게 또니를 데리고 시내로 옮겨왔습니다.

아파트다 보니 풀벌레가 턱없이 부족했습니다. 먹이가 없을 땐 음식물쓰레기통 주위를 어슬렁거려 파리를 잡아다 먹이기도 했습니다. 야생의 새들도 먹이가 부족한지 음식물쓰레기통 가까이 종종거리는 것이 그제야 눈에 띄었습니다.

또니의 털이 자라나기 시작했습니다. 똥그랗고 까만 눈도 떴습니다. 조류학회에 조언을 구해 다행히 살아 꿈틀대는 밀웜을 구해 왔습니다. 또니는 밀웜을 잘도 받아먹었습니다.

그러던 어느 날, 또니 부리에 밀웜을 넣어주려다가 그만 떨어뜨리고 말았습니다. 살아 꿈틀대는 터라 또니 다리라도 깨물까 봐 순간, 밀웜 숨통을 끊어 놓는다는 게 그만 또니 다리를 죽어라, 비틀어 꼬집고 말았습니다. 그렇잖아도 둥지에서 떨어질 때 다쳤는지, 한 쪽 다리를 깃털 속으로 자꾸 집어넣는 걸 털의 균형이 안 맞아 나는 데 지장이 있을까 하여 애써 빼내곤 하던 터였습니다. 그럴 때마다 또 얼마나 성가셨을까요? 그런데 온전한 다리까지 죽어라 비틀어 놓았으니! 그 후론 또니가 나만 보면 채 자라지 못한 날개로 애써 몸을 돌려 앉곤 했습니다. 얼마나 원망스러웠을까요?

'이럴 줄 알았음 처음 발견했을 때 그냥 둥지에 넣어 주는 건데……!'

어미 새는 또 얼마나 또니를 찾아 헤매었을까요?

"미안해 또니야! 너도 엄마 아빠 보고 싶지?"

그 땐 왜 그런 생각을 못 했는지, 하지만 이제 와서 다리까지 다친 또니를 홀로 숲으로 되돌려 보낼 수는 없는 노릇이었습니다.

"용서해 줘 또니야! 난 정말 네 다리인 줄 모르고 그랬어. 난 꼭

밀웜인 줄 알았단 말이야. 네 다리가 물릴까 봐 그랬던 건데… 용서해 줘, 응?"

또니는 눈 깜짝도 않고 나를 바라만 보고 있었습니다. 희망사항일까요? 부드러운 시선, 다 알고 있다는 듯한.

두 다리가 불편한 또니를 손안에 폭 감싸 안고 때때로 베란다 창문을 열어젖혀 바깥 구경을 시켜 주곤 했습니다. 그럴 때면 또니는 별천지를 본 듯 두리번거리다 멀리 새소리라도 들릴라치면 서툰 날갯짓으로 손아귀를 벗어나려 몸부림쳤습니다. 또니를 위해 무어라도 해 주고 싶은 마음, 허나 노래를 불러 주는 것 외에 딱히 해 줄 수 있는 게 없었습니다.

넓고 넓은 바닷가에 오막살이 집 한 채
고기 잡는 아버지와 철모르는 딸 있네
내 사랑아 내 사랑아 나의 사랑 클레멘타인
늙은 애비 혼자 두고 영영 어디 갔느냐

어쩌자고 나는 그런 슬픈 노래를 불렀던 걸까요? (다시, 나는 이 노래를 부르지 못합니다.) 날갯짓을 막 하려던 즈음 또니는 영영 날아가 버렸습니다.

"또니야! 하늘나라에서 은이랑 사이좋게 놀아 응? 이 다음에 이 다음에 내가 거기 가면 제일 먼저 마중 나와 줄 거지?"

베란다에서 내려다보이는 화단 그 중 큰 나무 밑에 또니를 묻고 채송화를 심었습니다.

우리 또니! 오는 봄엔 채송화 꽃으로 피어나 내게 눈 뽀뽀라도 해 줄까요?

연두 친구로 이제는 또 누가 오려는지, 나는 그 애의 이름을 미리 지어 두었습니다. 은이와 또니처럼 서둘러 떠나가지 않을 '따니' (다른 이) 라고.

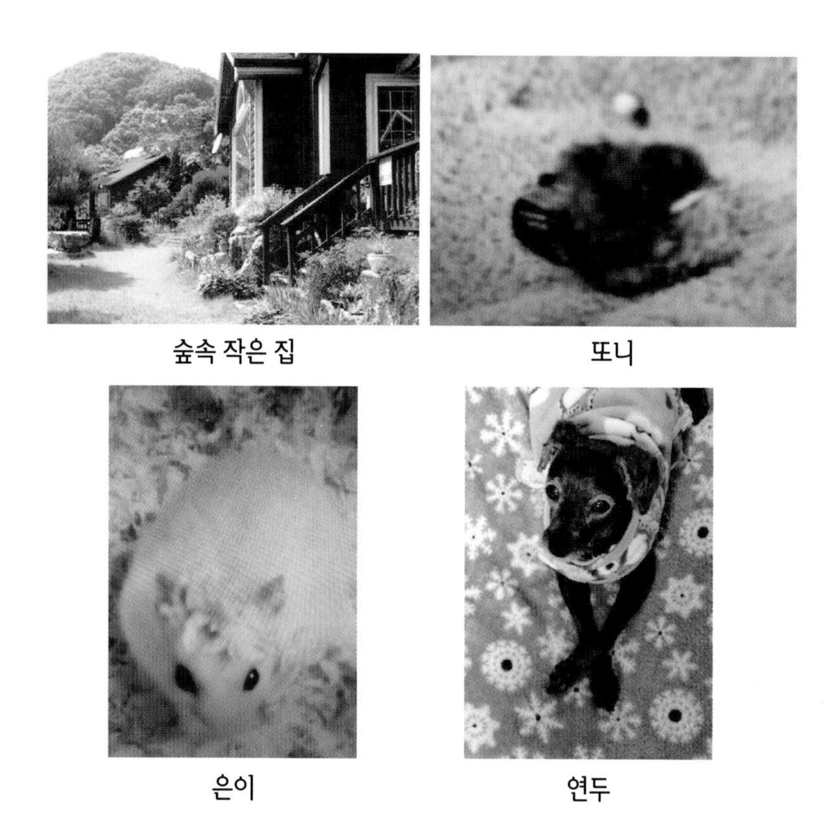

숲속 작은 집

또니

은이

연두

열 매

민요풍으로

작사. 작곡 김 예 순